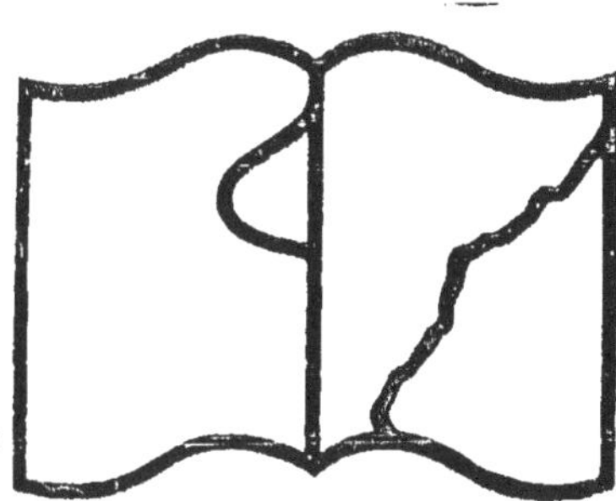

Couvertures supérieure et inférieure détériorées

Début d'une série de documents en couleur

TROIS AVENTURES

PAR

BENEDICT-HENRY REVOIL

TOURS

ALFRED MAME ET FILS

ÉDITEURS

BIBLIOTHÈQUE DE LA JEUNESSE CHRÉTIENNE

FORMAT IN-32 — 4e SÉRIE

ANIMAUX EN HISTOIRES (les), par Mme Marie-Félicie Testas.

BALDINI, ou épisode d'un voyage en Italie, drame moral propre à être représenté dans les maisons d'éducation de jeunes gens, par J.-J.-E. Roy.

CÉCILE, ou Conversion d'une famille protestante, par M. l'abbé R***.

ENFANTS VERTUEUX (les), par Louis Friedel.

FÉLIX, ou la Vengeance du chrétien.

FLEURS HISTORIQUES ET LITTÉRAIRES, par Mlle Marie O'Kennedy.

FRÉDÉRIC, ou l'Ermite du mont Atlas, par E. N***.

GONDICAR, épisode du temps des Croisades, par Louis Friedel.

LUCY WARD, traduit de l'anglais par H. C.

MARIA, par Auguste D***.

OTHON LE FAUCONNIER, par Adrien Lemercier.

PETITES HISTOIRES VRAIES, par une religieuse Ursuline.

PETITE MENDIANTE (la), par P. Mercel.

RÉCITS A PROPOS DE VERTUS, par Mme Marie-Félicie Testas.

RÉCITS DU BONHOMME LOUIS (les), suivis de cinq Contes par L. de Tesson.

SORCIÈRE DU VILLAGE (la), suivi de : Eugénie de Mofort, drames moraux propres d'être représentés dans les maisons d'éducation de jeunes personnes, par M. l'abbé ***.

TANTE SCHOLASTIQUE (la), par Mme Marie-Félicie Testas.

THÉOBALD, ou l'Enfant charitable, par E. W.

TROIS AVENTURES, par Bénédict-Henri Révoil.

VALLÉE D'ALMÉRIA (la), par M. E. W.

VASE DE PORCELAINE (le), suivi de trois autres Récits offerts à l'enfance.

VIE DU CHANOINE SCHMID, dédiée à ceux qui aiment ses contes.

Tours. — Impr. Mame.

Fin d'une série de documents
en couleur

TROIS AVENTURES

5e SÉRIE IN-12

UN SÉJOUR A HAWAI

TROIS AVENTURES

PAR

BÉNÉDICT-HENRY RÉVOIL

CINQUIÈME ÉDITION

TOURS

ALFRED MAME ET FILS, ÉDITEURS

1886

UN

SÉJOUR A HAWAÏ

Un missionnaire a raconté d'une façon très curieuse ses excursions avec les naturels d'une île de la mer Pacifique à la recherche du corail. Nous publions ici le récit de ce vaillant propagateur de la religion catholique :

« C'était vraiment un spectacle étrange que notre départ à la lueur des torches, dans des canots de forme bizarre, les dangers courus sur les lames du ressac, tandis que les indigènes restés à terre poussaient des clameurs assourdissantes.

« Nous eussions été fort récompensés de notre travail à pagayer pour atteindre les roches de lave remplies de stalactites, sans le désagrément que nous éprouvâmes d'être mouillés de pied en cap et piqués par les maringouins.

« Nos relations avec les indigènes n'en étaient pas moins agréables, et nous admirions les formes élégantes de ces peuples sauvages, dont les traits étaient admirablement réguliers. Quel plaisir j'aurais eu à conduire toute cette tribu au catéchisme et à l'église de mon village !

« Les naturels des îles du Pacifique ont l'esprit gai; cela tient au climat, qui est d'une douceur toute particulière. Puissent-ils garder toujours ce caractère joyeux !

« Je dirai, comme le poète :

A leur aspect, mon cœur si triste
Se rassérène, et l'on dirait
Que les jeux auxquels il assiste
D'un gouffre profond l'ont extrait !

« Les indigènes nous firent participer à l'hospitalité d'Hawaï : ils nous offrirent une vaste habitation, laquelle, hélas ! était infestée de maringouins et par trop fréquentée par les cancrelats.

« A vrai dire, quand vint le soir, ils enfumèrent la maison pour en chasser les insectes volants, et répandirent partout des pierres rougies au feu afin de brûler les coléoptères rampants.

« Cela fait, on fit rôtir un cochon entier qui, une fois cuit, fut apporté sur un plat de bois dur, à la façon des proclites, sur les épaules de quatre indigènes.

« On se hâta de couper la tête et quelques parties de peu de valeur de ce rôti pour la nourriture des gens de notre suite. La vue de tout ce monde-là, mangeant comme l'eussent fait des bohémiens, autour d'un feu allumé en plein air, me rappelait aussi un campement de bandits se réjouissant après un pillage.

. . . . Et l'on apercevait
Entre deux croix de bois la marmite pendue
Sur des charbons ardents. Là chacun recevait
Sa part du pot-au-feu, chair que n'avait vendue
Aucun boucher : gibier volé, cochon nourri
Par les glands des forêts où la horde se cache,
Sous les buissons épais ou dans le tronc pourri
D'un manglier renversé : race d'animaux lâche.
. . . .
Et le vent s'engouffrait sous les haillons de peau
De ces gens basanés au teint couleur de cuivre,
Qui buvaient, dévoraient, hurlaient, se trémoussaient
Dans de longs « fandangos » que l'œil ne saurait suivre...
Quand la lune apparut. . . . .

« Ce repas de porc rôti fut suivi d'une prière chantée en langage hawaïen; puis chacun songea à aller se reposer. On se disposa du mieux que l'on put pour la nuit, pour ne pas être dévorés par les maringouins, qui avaient disparu, et les cancrelats, qui n'étaient pas tous morts.

« A notre retour, nous nous embarquâmes le matin, à la lueur de la lune, qui n'avait pas encore disparu. A force d'avirons et grâce à la brise qui se leva, nous entrâmes à Kealaviekua vers huit heures du matin, très fatigués et mourant de faim.

« C'est dans cette anse de la plage qu'un indigène se jeta à la mer, à une profondeur d'environ quinze à vingt pieds, pour y pêcher des coraux. L'eau était si calme et si limpide, que l'on voyait cet homme faire sa récolte au fond de la baie, comme s'il avait été à terre. On l'eût pris pour un énorme crustacé marin rampant sur le sable.

« Le pêcheur nous rapporta de magnifiques échantillons de corail rose et rouge en branches. Il nous offrit également des spécimens de couleur jaune, et certains poissons de ces mers, armés de pointes sur toute leur surface, pointes dont on se sert pour buriner sur des morceaux d'ardoise, dans toutes les régions des mers du Sud.

« Tout le monde a peu ou prou rêvé qu'il se trouvait au fond de la vaste mer et qu'il y trouvait à foison :

De l'ambre, des monceaux de perles, et de l'or,
De riches diamants aux facettes brillantes,
Des bijoux précieux, un immense trésor
Éparpillé partout, entre toutes les fentes
Des rochers; sur le sable, au milieu des micas,
Des algues, du fucus aux feuilles dentelées,
Comme aux palais des fées. . . . . .

« Mais à Hawaï les rêves deviennent des réalités; car, lorsque la mer est calme, on peut, en regardant du bord d'un canot, apercevoir sur les récifs du corail des myriades de poissons aux écailles de pourpre ou d'azur, qui se promènent lentement ou pétillent avec rapidité au milieu des richesses sous-marines.

« Les pêcheurs hawaïens sont d'une adresse merveilleuse. J'en ai vu me désigner un énorme poisson qui se tenait au fond de l'eau, se jeter aussitôt à la mer, armés d'un épieu en forme de lance, et frapper l'habitant des eaux salées avant qu'il eût eu le temps de fuir.

« A une distance d'une demi-lieue environ du terrain volcanique situé à la pointe de la baie où nous avions pêché du corail et pris du poisson, l'on trouve Kuapchu, village bâti à quinze cents pieds au-dessus de la mer. C'est là que s'étaient établis les missionnaires d'Hawaï.

« Cette appellation de Kuapchu vient

— de l'aspect du promontoire, qui ressemble au dos d'un bossu quand on l'aperçoit du côté de l'Océan.

« Un certain nombre de prédicateurs de la foi se sont approchés du rivage pour être plus près de leurs ouailles, et ce nouvel établissement ressemble fort à ceux des bains de nos côtes normandes où l'on se rend par hygiène et pour son plaisir.

« La reine d'Hawaï, Kassiolani, avait fait construire une fort belle habitation de pierre, à quelques mètres de l'église, et elle y demeura pendant un certain temps. Elle y mourut, et donna à son peuple l'exemple d'une bonne conduite et d'une fin exemplaire.

« Kassiolani, d'un esprit très intelligent, avait parfaitement compris les saintes vues du christianisme, et on la cite, ainsi que le vieux chef de tribu Bartimens, qui était aveugle, comme un des plus fervents néophytes qui aient jamais été faits dans ces pays lointains.

« Elle s'intéressait à la propagation de la religion, et prodiguait ses soins les plus empressés aux missionnaires qui l'avaient convertie au christianisme. Elle pratiquait constamment la charité, visitant les pauvres cabanes et répandant partout ses bienfaits et ses consolations.

« On raconte que bien souvent la reine Kassiolani se levait au milieu de la nuit et réveillait les femmes de sa maison pour prier avec elles et demander à Dieu la conversion du roi, qui se plongeait dans l'ivrognerie la plus dégradante et repoussait les exhortations des missionnaires.

« Un capitaine de la marine américaine qui avait abordé à Hawaï en 1859, alla certain soir prendre le thé chez la reine

Kassiolani, afin de dire adieu à la souveraine, car il partait le soir même pour retourner dans son pays.

« Quoiqu'il eût annoncé à son équipage qu'il allait rentrer à son bord avant minuit, on ne le vit pas arriver. Une heure, deux heures sonnèrent, et le marin ne quittait pas la maison de la reine, qui racontait l'histoire de sa vie, les mœurs de ses sujets, de la façon la plus courtoise et dans le langage le plus choisi.

« A la fin cependant le capitaine prit congé de Kassiolani, et lui fit dire par son interprète que jamais dans sa vie il n'avait passé une soirée plus agréable.

« Je citerai encore, comme des modèles de piété et de bonne conduite, les souverains Kaahumann, Hoapili, dont la biographie aurait dû être écrite pour servir d'exemple à leur peuple.

« Kassiolani mourut le 5 mars 1861, après s'être confessée et avoir été administrée.

« Cartyle a mentionné cette souveraine étrangère dans son ouvrage intitulé : *Lettres et discours de Cromwell.*

« J'ai lu, dit-il, dans les rapports des missionnaires, qu'il y a, dans une île de la mer du Sud, une reine convertie au christianisme, qui a jeté au feu tous les faux dieux qu'elle adorait auparavant. J'ai appris avec joie que cette souveraine d'un pays sauvage avait prouvé à ses sujets que le créateur du monde ne résidait pas au milieu du volcan qui dresse son cratère dans cette île, en leur faisant comprendre que ce foyer d'incendie souterrain n'était pas autre chose qu'un phénomène de la nature. Et pour donner plus de force à ses raisonnements, la reine dont je parle disait qu'elle allait gravir les pentes du volcan, parvenir à son sommet et jeter sa pantoufle dans le foyer incandescent, comme pour défier le prétendu dieu.

« Il va sans dire que les Hawaïens tremblaient en entendant leur reine prononcer de pareils « blasphèmes ». Mais celle-ci n'écouta pas les supplications qu'on lui adressait de ne point entreprendre une excursion aussi périlleuse : elle fit ce qu'elle avait dit, et depuis ce temps-là la foi est descendue dans le cœur des sauvages d'Hawaï.

« Honneur à cette noble femme qui a délivré sa nation des dieux fantoches qu'ils adoraient.

« En 1825, cinq années après l'arrivée des missionnaires à Hawaï, cette courageuse reine Kassiolani, connaissant la superstition entretenue par son peuple au sujet du volcan, se décida à aller visiter le grand cratère du Kilamo. C'est là, disaient les sauvages, que résidait la déesse Pele. De cette façon, disait Kassiolani, je prouverai qu'elle n'est pas *tabou*, car je braverai sa vaine colère.

« Pour arriver au but de son voyage, elle franchit une distance de cent milles, tantôt à cheval, tantôt à pied, pour se rendre de Kaalakekua à Hilo. Toute sa cour, — cela se comprend, — s'était opposée à cette audacieuse entreprise. Certains d'entre eux craignaient qu'elle ne parvînt à faire mépriser la déesse Pele, tandis que d'autres redoutaient pour elle les vengeances probables, certaines, du *tabou* de ce volcan d'Hawaï.

« Il n'y eut pas jusqu'à Naihe, le mari de Kassiolani, personnage athlétique, qui n'eût pas dû éprouver le moindre sentiment de frayeur, qui ne ressentît cependant une certaine terreur superstitieuse. Il s'opposa à ce que sa femme s'exposât de la sorte. Quoi qu'il en fût, Kassiolani s'éloigne de Kaalakekua pour le voyage projeté.

« Lorsqu'elle arriva au pied du volcan, une certaine pythonisse, se disant envoyée par Polo, se plaça devant elle sur la route, en lui ordonnant de rebrousser chemin et en lui prédisant malheur si elle osait avancer un pas de plus.

« — Qui es-tu? demanda la reine à cette sorcière.

« — Celle qui est conduite par *Ke Akua,* répliqua la vieille femme..

« — Si ton dieu habite réellement en toi, ajouta Kassiolani, tu dois être sage et posséder le pouvoir de m'instruire. Viens t'asseoir près de moi. »

« La pythonisse se résigna à obéir.

« On apporta des rafraîchissements, et la reine en offrit à la vieille femme, qui, d'un air inspiré, avec un ton de hauteur, répliqua :

« — Je suis une déesse, et je ne bois ni ne mange jamais. Tiens, fit-elle en parlant à Kassiolani, voici un *palapalla* de la part de la déesse Pele. »

« Et elle tendit un morceau d'écorce qu'elle tenait à la main.

« — Lis-moi ce qu'il y a sur ces tablettes, » reprit la reine.

« La pythonisse refusa d'abord, au lieu de chercher à convaincre davantage sa souveraine; elle se couvrit enfin la tête d'une sorte de pagne qui lui servait de manteau, et derrière ce paravue elle marmotta une longue kyrielle de paroles inintelligibles, qui devaient être des « avertissements » de la déesse Pele.

« Quand elle eut fini, Kassiolani, tirant de son sac un livre de prières, dit à cette folle :

« — Tu as prétendu m'apporter un message de la part de ton dieu, et tu m'as répété des paroles vides de sens que nul d'entre nous n'a pu comprendre. Moi j'ai un *palapalla* qui m'a été envoyé par le vrai Dieu, et je vais t'en lire quelques passages. »

« Et joignant la réalisation de ce qu'elle avançait aux promesses qu'elle avait faites, Kassiolani lut à haute voix la prière du matin en implorant Jésus-Christ, le sauveur du monde.

« A ces mots la prophétesse du volcan baissa la tête; toute sa forfanterie s'écroula peu à peu. Elle finit par avouer que *Ke Akua* l'avait abandonnée, et qu'elle ne savait que répondre au Dieu des chrétiens.

« Du moment qu'elle n'était plus inspirée par la déesse, il lui était permis de manger, et elle prit sa part du repas commun.

« Kassiolani se décida donc à continuer sa route.

« Les missionnaires de Hilo, ayant appris que la reine devait venir leur faire visite, voulurent aller à sa rencontre dans le voisinage du volcan. L'un d'eux franchit une distance de vingt-cinq milles à pied pour rejoindre Kassiolani.

« La reine se montra très heureuse de presser les mains du représentant du Christ : c'est en compagnie de ce digne missionnaire qu'elle parvint au bord du cratère du volcan et qu'elle se hasarda à descendre le long des parois de cet abîme incandescent.

« C'est en présence de ce spectacle, à la fois sublime et terrifiant, que Kassiolani, s'adressant à tous ceux qui l'entouraient, s'écria :

« — Dieu est mon Dieu ! Jésus-Christ est son vrai prophète. C'est Dieu qui a allumé ces feux. Je ne crains pas Pele. C'est Jésus qui m'a sauvée; c'est lui qui m'a arrachée au pouvoir satanique des idoles. Je romps ici le *tabou*. Vous tous qui m'écoutez, adorons Dieu. Il n'y a que lui de vrai; tous les dieux d'Hawaï sont faux. Et le Tout-Puissant s'est montré de la plus grande générosité envers nous en envoyant dans notre île des missionnaires pour nous arracher à l'ignorance et nous montrer le vrai chemin qui conduit à la félicité éternelle. »

« Et quel que fût le bruit des détonations éclatant au milieu du cratère, le sifflement des vapeurs intérieures, les fidèles Hawaïens entonnèrent un hymne religieux pour exalter la gloire du Dieu véritable.

« Kassiolani se joignait à eux, et le missionnaire commençait chaque verset.

« Il n'y a pas à douter que Dieu écoutât favorablement la prière de ces bons sauvages convertis.

« Kassiolani et les gens de sa suite revinrent ensuite à Hawaï, où on les reçut avec enthousiasme. Le charme était rompu; le redoutable *tabou* n'existait plus, la superstition était écrasée, Hawaï était libre.

« Quelques jours après cette victoire du christianisme sur le paganisme, Kassiolani se rendit à la mission de Hilo. Dès qu'elle y fut arrivée, quoique rompue par la fatigue, malgré l'enflure de ses pieds, elle refusa de se reposer avant d'être convaincue que toute sa suite était pourvue de logement. Puis on fit en commun la prière du soir.

« Kassiolani dit aux missionnaires qu'elle était venue pour fortifier leur âme et les encourager dans le devoir qu'ils accomplissaient en prêchant les divins préceptes de la religion.

« Lorsque la reine retourna à Kuapchu, elle fut bénie par toute la population de Hilo.

« Jusqu'au dernier jour de sa vie, la souveraine d'Hawaï fit tous ses efforts pour propager dans ses États les bonnes mœurs et la morale divine. Le bon exemple qu'elle donnait elle-même imposait à tous, même aux étrangers.

« Certain jour, un matelot américain ayant été arrêté et mis en prison pour un crime puni des travaux forcés à Hawaï, le capitaine du navire à qui cet homme appartenait se rendit près de Kassiolani, et menaça la souveraine de mettre le feu au village si son matelot n'était pas délivré à l'instant même.

« — La loi du pays est formelle, répliqua la reine, votre subordonné payera une amende de quinze dollars, ou bien il sera forcé de travailler pendant quatre mois sur nos chemins, comme les autres gens qui se sont rendus coupables d'un crime semblable. Maintenant, si vous avez la force et le vouloir d'incendier le village, faites-le. Tant que je vivrai, les lois de mon gouvernement seront exécutées. »

« Ce qui avait été décrété fut exécuté. Le capitaine paya l'amende. Sans cela il n'eût pas vu son matelot avant l'expiration de sa peine.

. . . .

« Comme un oiseau de passage, — ajoute le missionnaire qui a écrit la vie de Kassiolani, — je suis de nouveau parti pour une excursion, me sentant plein de santé après avoir séjourné plusieurs mois dans cet Éden terrestre qui est le séjour de la mission de Kaalakekua.

« Je m'aventurais à bord d'une embarcation qui transportait des planches sciées, entassées les unes sur les autres, comme cela se pratique en Europe et en Amérique.

« Je m'étais hissé sur le sommet de cette pyramide, en m'étendant tout de mon long, tout en craignant fort d'être lancé à la mer d'un moment à l'autre.

« Mais on avait ajouté un second chargement au premier, c'est-à-dire que l'on avait joint un autre canot à celui sur lequel je me trouvais, en laissant un intervalle de trois à quatre pieds entre les deux. D'énormes madriers d'un bois léger et fort solide reliaient ensemble les deux embarcations, et, à l'arrière de cette fortification flottante, un mât supportait une voile de pagne ou de cotonnade blanche.

« Nous naviguâmes d'une manière assez confortable, pendant toute la journée, le long des côtes bordées de cavernes cimentées de laves de Koua. On entendait de temps à autre d'énormes éclats semblables à ceux du tonnerre. C'était le ressac qui lançait ses masses de vagues écumantes contre la plage caillouteuse, et l'on voyait des colonnes d'eau s'élever du milieu de ces grottes volcaniques, lançant en même temps des galets et des débris de silex.

« Quand vint le soir, les nautoniers hawaïens arrimèrent leurs barques dans une petite baie, entre deux morceaux de blocs de lave. Ils firent tomber l'ancre en prétendant que le vent soufflait à l'arrière, et qu'il était dangereux de continuer à avancer à la voile.

« Le seul but de ce temps d'arrêt était l'impérieuse nécessité de prendre du repos, un plaisir que les Hawaïens mettent à l'égal de celui de manger.

« Nous restâmes ainsi quatre à cinq heures à l'abri des coups de mer, et je pus dormir à mon aise sans être dérangé, jusqu'au moment où les cris de « Ala ! Hoé ! hoé ! » se firent entendre. Les deux embarcations furent remises le cap sur la mer, on retira l'ancre, on baissa les voiles, et nous continuâmes notre route.

« Quand le jour parut, nous nous trouvions sur les rives des pays de Kan. L'on aperçoit de l'autre côté, à près de cent mètres, un groupe d'îles de forme conique et de production volcanique qui semblent être les cratères de volcans éteints.

« Ce moment de la journée, où les étoiles cessent de briller dans l'espace, me rappela les vers gracieux du poète américain Dona :

La nuit fait place au jour. C'est l'heure où la pensée
Se réveille, où l'on vit après avoir dormi ;
Où le sang librement circule, où, redressée,
La tête à l'oreiller dit adieu... J'ai frémi

En songeant que la mort du sommeil est l'image.
Mais le soleil se lève, et, diamants de passage
Les étoiles ont fui... L'homme dit : C'était Dieu
Qui veillait sur mon sort, et, priant, il contemple
La nature éveillée : il oublie au milieu
De ce chaos immense.
Ah ! le monde est un temple
Qui raconte ta gloire, ô Seigneur ; donne-moi
La vertu de rester nuit et jour tout à toi.

« Nous abordâmes à la côte pour donner aux indigènes la facilité de prendre leur repas. Il s'agissait aussi de recruter un rameur de renfort pour pouvoir tenir tête au vent qui souffle très violemment au sud des îles d'Hawaï.

« A cet endroit-là, nous vîmes une vingtaine de jeunes filles qui se jetaient hardiment du haut des rochers dans la mer, d'une hauteur de vingt pieds. On aurait dit des néréides accompagnant le char nautique de Neptune, ou formant la cour de Thétis.

« Grâce à nos efforts et à la puissante

action des rames, nous domptâmes le courant et la brise par trop forte, et nous entrâmes dans la baie de Kailikii avant le coucher du soleil.

« C'est près de cet endroit qu'en 1838 deux missionnaires furent à la veille d'être noyés. Ils étaient arrivés, comme nous, dans un double canot et furent surpris par un coup de vent. Les vagues couvraient leurs embarcations, qui étaient entraînées par le ressac.

« Heureusement que, grâce aux coups de rames énergiques des indigènes, ils purent se rendre maîtres de leurs canots et les diriger vers une anse qui se trouvait près de là.

« Par malheur, la plage était bordée de récifs, ce qui rendait l'abordage fort difficile et faisait craindre aux hardis navigateurs une mort épouvantable. Les missionnaires, ne voulant pas continuer leur voyage dans des conditions aussi dangereuses, s'élancèrent à la mer au moment où une grande vague se retirait et parvinrent sains et saufs sur la rive, tandis que les embarcations des indigènes s'éloignaient vers la haute mer.

« Mais, une fois là, il devint impossible de les diriger. Elles furent rejetées sur les rochers et brisées comme verre. Ceux qui les montaient, de vrais poissons pour l'habileté à nager, se sauvèrent tous, à l'exception de deux qui avaient été blessés au moment du naufrage.

« Les embarcations appartenaient à Kuakini, surnom donné au gouverneur Adams; et, lorsque les missionnaires et le chef de l'expédition allèrent lui raconter ce qui s'était passé, redoutant fort sa colère eu égard à la perte de sa propriété, il se contenta de demander si tout le monde avait été sauvé. On lui cacha la mort des deux rameurs et il dit : *Ua alvolu*, Je suis content.

« A l'endroit où nous avions abordé, nous aperçûmes, de l'autre côté d'un précipice d'environ quatre cents pieds de hauteur, un homme tenant un cheval par la bride. Cette monture m'était envoyée par un de mes amis et confrère en religion, le missionnaire Poris, qui, ayant appris ma venue, avait voulu m'épargner les fatigues du voyage.

« Je me hâtai de traverser un ruisseau coulant sur un lit de lave qui me séparait de l'homme et du cheval. Mais la route était fort difficile ; je tombais presque à chaque pas, ici dans une ornière, là dans la fente d'un rocher brisé par quelque tremblement de terre.

« Enfin j'atteignis le but de ma course. J'étais sauvé doublement, car je me sentais à bout de forces et prêt à m'abandonner au désespoir.

. . . .

« Nous allâmes visiter, quelques jours plus tard, une grotte souterraine située à six milles de Wainhina, qui avait indubitablement servi autrefois de communication avec la mer.

« A l'heure actuelle, ce passage, formé de rochers de lave, était à moitié couvert par des *wiliwilis* et autres arbrisseaux nommés *ohi* par les natifs.

« Le premier de ces arbres ressemble au liège d'Europe, et sert aux indigènes pour doubler l'extérieur de leurs canots; le second peut être comparé au hêtre blanc. Du reste, dans les îles d'Hawaï, on ne trouve pas ces géants arborescents de la nature européenne et américaine. Un arbre au-dessus de dix mètres est considéré comme une curiosité.

« La grotte que nous visitions mesure une cinquantaine de pieds de hauteur à l'ouverture, et l'on descend assez abruptement à cet endroit-là. Dans l'intérieur de cette caverne volcanique, nous trouvâmes une femme accompagnée d'un jeune enfant. Elle lavait des kapas avec l'eau glaciale qui tombait de la voûte et qu'elle recueillait dans de grandes calebasses.

« Un peu plus loin nous découvrîmes une sorte de forteresse, ou plutôt une barricade formée par une muraille qui barrait la route et se dressait au milieu des rochers. Derrière ce pan de mur, on apercevait des traces de couchettes taillées dans la pierre, où les natifs se reposaient lorsqu'ils se livraient les uns aux autres des combats à outrance, et se retiraient dans la grotte aux heures du danger.

« Nous allumâmes une lanterne, et nous nous mîmes à explorer ces constructions souterraines. Nous trouvâmes çà et là des coquillages, des œufs de mer, des ossements, preuves évidentes du passage des belligérants à de certaines époques.

« Au moment des tremblements de terre, des roches sont tombées de la voûte ; aussi la route est-elle obstruée par ces débris informes.

« Tout porte à croire que ce souterrain s'étend à une très grande distance dans l'intérieur de la terre. On découvre à une centaine de mètres de la mer une seconde ouverture de cette grotte, qui descend également et au fond de laquelle l'eau a pris son niveau, comme dans la grotte de Kaïlna.

« Rien n'est plus grandiose et en même temps plus terrible que l'aspect de cet entonnoir dans lequel, il y a des siècles, le feu coulait à pleins bords quand le globe était en ébullition, et les tremblements de terre remplaçaient les orages.

« Les indigènes appelaient cet endroit une *Kupaihana*, autrement dit une grande merveille de Dieu.

« En effet, la main divine avait passé par là, et je disais avec le poète Watts, qui a composé des cantiques anglais pour les enfants :

Je pénètre et je vois une grotte nouvelle
Que les pas des humains n'ont point encor souillé.
Mais je n'y suis pas seul : comme dans la chapelle
Le grand maître du monde est là. Je me rappelle
Qu'il est partout... Et je me suis agenouillé. »

RÉCIT

D'UN GAMBUSINO

La vie des mineurs en Australie n'est certes pas aussi aventureuse que celle des gambusinos [1] de la Californie. Les premiers sont séparés de quelques lieues à peine des établissements des colons et n'ont pas à combattre, pour protéger

1 On appelle *gambusinos*, en Californie, tous les chercheurs d'or qui travaillent aux *placers*, autrement dit aux mines.

leur tente et les trésors qu'ils y entassent, les attaques des Peaux-Rouges, comme cela se passe dans les nouvelles provinces des États-Unis.

Les Californiens ont bien plus à redouter les périls incessants, venant de tous les côtés les assaillir et les réduire souvent, tandis que les Australiens jouissent d'une très grande tranquillité et vivent sous l'égide de la loi.

Nous avons déjà raconté ailleurs quelle était la condition de la société sur le rivage américain du Pacifique, lors des découvertes des mines d'or. Voici un incident des travaux des mines, dans le pays aurifère, raconté par un témoin digne de foi :

« Le 7 novembre, notre petite troupe fut obligée de s'arrêter : les chevaux, au nombre de cinq, étaient harassés de fatigue ; il fallut les laisser reposer. Nous reprîmes notre chemin le 16. Nous marchions à l'aventure, mais nous étions tous jeunes et pleins d'enthousiasme, convaincus que notre bonne chance nous ferait trouver les plus énormes pépites et la fontaine brillante de l'Eldorado, d'où devait s'écouler un torrent d'or en fusion.

« Nous nous livrions à ces rêveries, lorsque le hasard, ou plutôt le malheur, amena sur notre chemin un homme qui nous apprit qu'au moment où lui et trois autres gambusinos de ses amis allaient atteindre la mine mère d'où découlent les pépites d'or les plus riches, ils avaient été attaqués par les Indiens, qui avaient tué ses trois compagnons.

« Le placer, déclara cet homme, était des plus avantageux, et il nous désigna à l'horizon la partie des montagnes qu'il avait explorée. Nous partîmes donc au nombre de six, emmenant deux chevaux de somme pour emporter nos provisions, du bœuf salé et du biscuit.

« Un seul de nos camarades resta au campement pour garder nos vivres et la tente qui devait nous abriter, une fois décidés sur notre lieu de séjour.

« Nous traversâmes le gué du Rio de los Americanos à un mille au-dessus du fort Sutter, et nous fîmes halte.

« Le 17 au matin, le ciel était nébuleux, et tout présageait la pluie. Qu'importait cela! Nous avançâmes dans la direction de la rivière Bear, et, l'après-midi, les pronostics de la tempête devinrent des réalités. La pluie tombait par gouttes énormes qui se changèrent en torrents; le vent soufflait avec la plus extrême violence. Nous étions au milieu d'une prairie dénuée d'arbres : il eût fallu franchir une lieue pour rencontrer un abri.

« Nous avançâmes donc hardiment jusqu'aux bords de la forêt, composée d'arbres verts et de chênes ; mais nous avions mis une heure à faire ce trajet, et nous étions transpercés jusqu'aux os. Nos effets de rechange étaient également mouillés, et notre biscuit réduit en bouillie.

« Nous étions tous fort découragés ; nous n'en fîmes pas moins au plus vite un bon feu sous les arbres, et chacun se réchauffa et s'essuya du mieux qu'il put.

« Quand vint le soir, la pluie cessa : notre souper, composé de cette bouillie de biscuit et de viande, n'était pas très ragoûtant, mais il fallut bien s'en contenter ; puis on se coucha sur le sol, enroulé dans sa couverture, et en maudissant la folle pensée qui nous avait emmenés hors des sentiers tracés à la recherche des richesses et de la renommée.

« Mais, quelque fatigué que soit l'homme, il doit dormir quand le besoin s'en fait sentir, et c'est ce que nous fîmes, malgré l'humidité de nos couvertures, sur la terre boueuse et hérissée de cailloux.

« Quand vint le jour, nous fûmes quelque peu dédommagés de notre audacieuse entreprise en voyant le soleil se lever resplendissant à l'horizon. Nous ramassâmes à la hâte nos provisions, et nous nous mîmes en route afin de nous trouver avant la nuit dans un canton où nous devions rencontrer un chemin aboutissant aux montagnes.

« Vers la brune, nous parvînmes sur le bord d'un torrent desséché, qui nous parut être celui indiqué sur la carte grossière des voies et parcours des sols aurifères de la contrée, que nous avait donnée le guide dont nous suivions les pas et qui nous menait à la conquête de la Toison d'or.

« C'est dans le lit de l'arroyo que nous fîmes halte. On y alluma un feu énorme pour faire sécher nos provisions de bouche. La nuit venue, nous nous couchâmes de notre mieux, regardant au-dessus de nos têtes un ciel constellé des plus brillants météores et appelant le sommeil de tous nos vœux. Mais il ne faut pas se fier aux apparences sur le sol californien. Nous éprouvâmes la vérité de cet axiome; car, à minuit, un « grain » torrentiel vint de nouveau nous mouiller jusqu'à la moelle des os.

« Nous rallumâmes le feu, et, loin de songer à nous garantir de la pluie, nous n'eûmes d'autre pensée que celle de préserver nos provisions, notre seule espérance de salut et d'existence future, des atteintes de l'eau. Nous nous hâtâmes d'étaler sur ces vivres une petite tente que nous avions emportée avec nous, et le reste de la nuit s'écoula dans l'insomnie.

« Le matin vint et le soleil reparut à l'horizon : nous convînmes de rester à l'endroit où nous étions pendant le reste de la journée, afin de faire sécher une fois encore nos provisions, et de nous décider sur le parti qu'il y avait à prendre.

« Deux d'entre nous (j'étais de ce nombre) inclinaient pour rebrousser chemin, afin de nous diriger vers d'autres placers, ou bien de rejoindre le grand chemin où nous avions laissé notre tente et notre camarade, pour nous rendre directement à la rivière Yuba, située, d'après nos calculs, à trente milles environ.

« Mais nos autres camarades voulaient aller de l'avant : ils avaient la majorité pour eux, et leur chef, nommé Higgias, homme d'une audace sans pareille, nous fit entrevoir des monceaux d'or au but de notre expédition.

« Nous devions arriver dans un pays encore inexploré par les mineurs, découvrir une grotte pour nous y installer, y passer l'hiver et travailler là à coup sûr pour devenir bientôt des Crésus.

« Nous adhérâmes à ces propositions, et le jour suivant, dès que le crépuscule parut, nous nous avançâmes dans la direction des montagnes situées au nord-ouest, et distantes, à vue de nez, d'environ vingt-cinq milles.

« Nous marchions sur une route inconnue, peuplée par des sauvages qui, à notre su, massacraient tous les blancs, et nous n'avions pour toutes provisions que du pain moisi et du bœuf salé, cinquante livres en tout pour six personnes.

« Nous remontâmes le lit du torrent jusqu'au moment du coucher du soleil : à ce moment-là, nous parvenions à la base du pays montagneux sans avoir aperçu la moindre trace, si ce n'est cependant celle du pied nu d'un Indien.

« J'étais convaincu que nous suivions une fausse route ; car le terrain sur lequel nous marchions était pierreux, et planté çà et là de quelques chênes chétifs.

« Au moment où nous arrivâmes en cet endroit, l'aspect du paysage changea. Nous avions sous nos yeux des vallons verdoyants et fertiles ; les arbres poussaient avec force, et leur ombrage couvrait le pays.

« Nous pénétrâmes au milieu de ces

vallées, et nous allâmes camper dans un site ravissant. Devant nous, en amphithéâtre, s'étendait une plaine d'un mille de diamètre, dont l'issue était couverte par un bouquet de bois touffu.

« Tous les champs d'avoine sauvage, qui poussaient sans culture, étaient ornés de fleurs bleues et jaunes, et un ruisseau d'eau cristalline serpentait au milieu de cette verdure. C'est là qu'on fit désaltérer les chevaux, c'est là que nous pûmes nous-mêmes apaiser notre soif; et nous bûmes avec plus de plaisir que les dieux de l'Olympe lorsqu'on leur offrait du nectar.

« Le panorama placé devant nous était splendide. Le soleil disparaissait derrière les montagnes, à l'ouest de notre campement, éclairant la nature comme par enchantement; les oiseaux, aux plumes de couleurs variées, gazouillaient sur les branches, et je me disais que si l'*auri sacra fames* ne m'entraînait pas vers les régions inconnues, je serais bien en cet endroit pour y vivre en famille, loin des hommes et près de Dieu.

« Nous avions élevé notre campement sur un monticule, à l'abri d'un énorme rocher, devant lequel nous avions allumé notre feu, puis nous avions soupé assez mal avec nos provisions mouillées et séchées, lorsqu'un Irlandais, qui faisait partie de notre troupe, découvrit au milieu de notre bagage une boîte de fer-blanc contenant du café moulu, dont nous ne savions pas la présence dans nos sacs. Il y avait aussi une boîte renfermant du sucre.

« Ce fut une petite fête; et j'avoue que je pris plus de plaisir à déguster ma tasse de café qu'à boire du nectar des fées dans le calice des fleurs. Je m'endormis ensuite jusqu'à minuit : à ce moment-là, on me réveilla pour faire mon tour de garde, comme cela était nécessaire en pays indien. Quoique vieux officier de l'armée, je ne me plaignis en aucune façon, et je me mis en sentinelle mon fusil à la main.

« Le jour se leva encore radieux ; on fit de nouveau du café, dans lequel on trempa du biscuit moisi ; et tandis que mes compagnons allaient à la recherche des pépites d'or, moi je pris mon fusil et je me dirigeai le long du ruisseau.

« En descendant le courant, je rencontrai une cabane d'Indien abandonnée, cabane faite de branches d'arbres et de terre battue, qui n'avait pas été quittée depuis longtemps, car un feu brûlait encore près de l'entrée, quelques gourdes pleines d'eau étaient appendues aux branches d'un arbre, et un horrible chien grognait comme pour en défendre l'accès.

« A quelques mètres de la cabane s'élevait un tertre circulaire entouré d'une palissade grossièrement façonnée. C'était la tombe d'un chef, au centre de laquelle se dressait une pique ornée de haillons rouges. Ceux qui la gardaient avaient fui sans doute à l'approche des « visages pâles ».

« Après une rapide inspection, je retournai au campement. Les chercheurs d'or n'avaient pas reparu. Je continuai à me promener en les attendant.

« J'allai inspecter le dessus du rocher au-dessous duquel nous avions reposé, et je découvris que la pierre était persillée de trous comme si elle eût été placée sous une chute d'eau. Je ne comprenais rien à cette bizarrerie de la nature, lorsque je me dis, — ce qui après fut reconnu un fait exact, — que ces trous avaient été pratiqués par les Peaux-Rouges en écrasant les glands doux dont ils se nourrissent. Il y avait, en effet, tout autour du camp, des bosquets de chênes blancs dont le tronc mesurait trois pieds de diamètre sur une hauteur de quarante pieds, dont les branches étaient couvertes d'énormes glands.

« Enfin les gambusinos revinrent au campement et ne rapportèrent que du mica. C'est en vain qu'ils avaient exploré toutes les ravines dans le voisinage.

« Nous passâmes encore la nuit au campement, et, quand vint le matin, nous tînmes conseil. Higgias était naturellement d'avis de continuer à avancer. Mais je voulais rebrousser chemin. Mon camarade avait ses partisans, et moi, je n'étais pas seul de la même opinion.

« Je m'adressai à tous mes camarades et leur expliquai la folie qu'il y avait à s'aventurer à pied au cœur des montagnes, sans guide, avec trois jours de vivres tout au plus. Nous n'avions aperçu que quelques cerfs, et nous ignorions s'il y avait des hardes de ces animaux dans le voisinage. J'opinai pour qu'on emballât sur-le-champ les effets et qu'on se mît en route pour se rendre au rancho de Johnson, sur la rivière Bear, à quinze milles d'Yuba.

« Mon avis prévalut; nous chargeâmes nos chevaux et nous revînmes sur nos pas, le cœur léger, sans plus éprouver de terreur. Ce ne fut pas cependant sans regretter le ravissant endroit où nous avions campé.

« Nous avancions à travers bois, sans savoir où nous allions; seulement nous suivions une direction qui était la bonne.

De l'autre côté de la montagne, le terrain était uni et dénudé, couvert de cailloux et de roches de silex; on n'apercevait pas la moindre trace de végétation, si ce n'est le long des « arroyos », qui, à ce moment-là, étaient à sec. Les arbres qui poussaient sur leurs bords étaient des chênes verts d'une très belle venue.

« Notre route se dirigeait vers le nord-ouest, et nous espérions parvenir à la rivière Bear avant la nuit. Cependant nous atteignîmes les rives d'un petit courant d'eau, où nous résolûmes de camper, et nous ne quittâmes ce lieu de repos que le lendemain, après avoir pris un repas aussi substantiel que possible. Ce qui nous inquiétait le plus, c'était de ne pas savoir où nous allions, et, qui plus est, nous avions les pieds enflés à force de marcher sur ce sol caillouteux.

« Vers l'après-midi, nous aperçûmes à une distance de trois milles un grand troupeau d'animaux que nous crûmes être des moutons. Nous nous imaginâmes alors être dans le voisinage d'un rancho. Je me hâtai de débarrasser une des bêtes de somme du fardeau qu'elle portait, et, me servant d'une longe en guise de bridon, je montai sur l'animal et le lançai au galop dans la direction du troupeau, dans l'espoir de découvrir la ferme (rancho), au maître de laquelle il devait appartenir.

« Parvenu à trois cents mètres de distance de ces animaux, je vis que je m'étais trompé. Tous ces animaux se mirent à fuir, affolés, dans une direction opposée.

« Ce que j'avais pris pour un troupeau de moutons était tout simplement une harde de cerfs, composée de plus de mille têtes de gibier.

« Oh! j'aurais volontiers offert un mois de travail assidu aux mines pour m'emparer de l'un de ces ruminants. Je revins vers mes compagnons, et, en leur apprenant ce qui s'était passé, leur courage fut considérablement abattu.

« Nous continuâmes à avancer lentement, comme des gens fatigués et à bout de forces. Vers quatre heures de l'après-midi, nous débarrassâmes nos chevaux de leur fardeau, et chacun prit une part des provisions dans ses poches. Higgias, à qui l'un des chevaux appartenait, sauta en croupe, et l'Irlandais John, qui souffrait d'un rhumatisme, se hissa sur l'autre.

« Quant à moi, je me traînais avec peine : j'avais les pieds complètement couverts d'ampoules, et si enflés, que je croyais marcher sur des charbons ardents.

« J'aurais donné tout au monde pour être de retour à notre campement de la vallée, ou bien au Texas, n'importe où, et être hors de ce maudit pays de terrains aurifères.

« J'étais resté en arrière de la petite caravane, lorsque John, arrêtant son cheval, attendit que je l'eusse rejoint.

« Au même instant, il quitta la croupe de sa monture et me força à prendre sa place.

« — Dieu te bénisse, mon brave camarade ! » m'écriai-je.

« Quel bon cœur que ce John ! Sous une écorce grossière, il possédait ce fonds de bonté souvent refusé aux hommes les plus éminents. Je le remerciai avec effusion, et mon ami se contentait de me répondre qu'il était bien moins fatigué que moi.

« Vers la fin du jour, nous nous trouvâmes sur les bords d'un ruisseau, et chacun de nous, à l'exception d'Higgias, se montra heureux de pouvoir se reposer et prendre son repas : mauvais repas cependant, car nous n'avions plus que quelques bribes de viande salée et de pain moisi.

« Higgias, lui, nous laissa reprendre des forces et déclara qu'il allait partir « en découverte », et qu'il ne reviendrait que lorsqu'il aurait retrouvé le rancho de Johnson.

« Quand il fut parti, nous allumâmes un feu énorme, et nous nous étendîmes près de ce foyer réconfortant. Trois heures après, un bruit de sabots de cheval se fit entendre : Higgias revenait de son excursion, rapportant une douzaine de livres de bœuf fraîchement tué, du pain et une bouteille de vieille eau-de-vie.

« Il fut le bienvenu, cela va sans dire :

chacun rendit justice à sa persévérance et à sa bonne camaraderie. Le brave garçon avait découvert un chemin à cinquante mètres plus loin que notre campement ; il l'avait suivi, et était arrivé au rancho de Johnson.

« Nous fîmes un repas délectable avec les provisions qu'il nous avait apportées, et, en remerciant Dieu de ce secours inespéré, nous recommandâmes Higgias à la bienveillance divine.

« Notre camarade fut exempté de sa garde pendant la nuit : nous lui devions bien cela.

« Dès que le jour parut, le cœur enivré d'espérance, nous prîmes le chemin du rancho. Il nous fallut traverser la rivière Bear, de l'autre côté de laquelle la ferme est située, et nous étions rendus à dix heures du matin dans ce lieu de refuge de tous les gambusinos égarés.

« Johnson est un Américain qui, il y a vingt-cinq ans, avait obtenu du gouvernement une concession de terres arables et fertiles sur les bords du Bear. Il s'était installé en cet endroit et avait prospéré.

« Nous nous procurâmes chez lui des provisions, et nous nous mîmes en route dans la direction de l'Yuba, où nous parvînmes sans encombre dans l'après-midi.

« On s'installa pour camper, tandis qu'Higgias et moi nous nous éloignions pour chasser et tuer, si faire se pouvait, quelque gibier pour notre souper commun.

« Nous nous avançâmes ainsi à travers monts et vallées, la carabine armée, nous tenant près l'un de l'autre, lorsque tout à coup nous aperçûmes un spectacle vraiment curieux à examiner.

« Deux Indiennes ramassaient des glands, privées de toute espèce de vêtement, sauf une peau de bête qui entourait leur ceinture et retombait jusqu'à mi-jambes. Sur leur tête couverte de cheveux se trouvait appliquée une espèce de peinture couleur noire, qui collait sur leurs joues une paire de favoris postiches. Deux corbeilles coniques en jonc tressé leur servaient à ramasser leur récolte, qui, du reste, couvrait le sol à la hauteur de la cheville, à l'endroit où elles se trouvaient.

« Higgias essaya de causer avec ces deux squaws; mais ce fut peine perdue, car, après avoir prêté l'oreille à une phrase en espagnol et à une autre en langue anglaise, ces deux « sauvagesses » ramassèrent leurs corbeilles et prirent la fuite.

« Mon camarade et moi nous les suivîmes, déterminés à visiter le campement de ces indigènes. Les squaws avaient disparu derrière une colline, dans un profond ravin. Quelques instants après, nous nous trouvions à l'entrée de la rancheria des Indiens, située sur les rebords d'une fissure des rochers, au-dessus de laquelle un bloc de bois était jeté pour servir de pont, afin de communiquer d'un côté à l'autre.

« Le village se composait d'une vingtaine de huttes circulaires, fabriquées avec des fagots et de la boue desséchée. Chaque wigwam pouvait contenir quatre personnes.

« Au moment où nous arrivâmes à la rancheria, les deux squaws étaient occupées à moudre des glands à l'aide de pierres, qu'elles remuaient avec force dans des trous pratiqués dans le rocher.

« Au cri poussé par ces femmes, une

quarantaine de Peaux-Rouges, au corps nu, sortirent de leurs cabanes primitives, l'arc à la main, le carquois plein de flèches sur l'épaule. Ils nous examinèrent attentivement, nous, nos chevaux et nos armes à feu.

« L'un d'eux comprenait l'espagnol, et je m'empressai de lui apprendre que nos intentions n'étaient point hostiles et que nous venions visiter leur rancheria. En signe de paix, nous lui offrîmes deux livres de biscuit moisi et un peu de tabac.

« Ce présent parut faire grand plaisir au sauvage, qui nous apprit son nom, Pule-u-le, et déclara être désormais notre meilleur ami. Nous lui fîmes force compliments sur la convenance des femmes de sa tribu, bien supérieures à celles des autres de l'Amérique du Nord, sur l'élégance de leurs wigwams, etc. etc.

« Pule-u-le nous introduisit *chez lui* :

nous y trouvâmes cinq squaws, dont le costume ne différait en rien de celui des autres. Ces squaws manifestèrent d'abord une grande terreur, mais le chef de la « maison » leur déclara que nous étions des alliés, ce qui les rassura ; et quand il leur eut répété ce que j'avais dit des personnes de leur sexe, ces malheureuses me baisèrent les mains.

« L'une des femmes sortit à ce moment-là et alla me chercher un pain fait avec de la farine de glands, qui me parut, au goûter, bien supérieur au biscuit moisi dont nous nous nourrissions depuis quelque temps.

« Pule-u-le nous fit voir ses arcs et ses flèches, admirablement travaillés et sculptés. Ces arcs, de trois pieds de long, étaient d'une élasticité extraordinaire et couverts d'ornements ; la corde était faite de boyaux d'oiseaux. Les flèches, longues de soixante centimètres, empennées avec soin, avaient pour pointe un morceau de cristal, d'une espèce nouvelle à mes yeux, pointu comme une aiguille et tranchant comme un rasoir.

« Ses carquois étaient façonnés dans des peaux de coyotes.

« Je demandai à Pule-u-le s'il avait jamais connu des gisements aurifères avant l'arrivée des « visages pâles » sur le territoire californien. Il me répondit qu'à l'endroit où il était venu au monde, à quarante milles plus bas, sur la rivière Bear, il avait certain jour, étant fort jeune, ramassé de très grosses pépites, qu'il s'amusait à rejeter dans le courant d'eaux, comme il eût fait de simples cailloux.

« Une moitié de sa tribu se rendait tous les jours dans le lit de l'Yuba afin d'y recueillir de la poudre d'or en quantité suffisante pour acheter aux blancs de la farine et des confitures. Le soir, ces Indiens revenaient à la rancheria pour apporter les provisions ainsi obtenues, et le lendemain matin l'autre moitié allait faire le même travail et le même commerce.

« Le reste du temps se passait à faire la chasse aux cerfs et aux lièvres dans les montagnes.

« Nous ne vîmes nulle part, aux environs de ce village indien, des signes de culture et de civilisation agricole.

« Les seuls meubles que l'on trouvait à l'intérieur des wigwams étaient des corbeilles et des jarres de terre.

« Pule-u-le me déclara qu'au printemps suivant l'intention de la tribu était de s'en aller de l'autre côté des grandes montagnes, afin de ne plus avoir de contact avec les hommes blancs.

« Cette visite nous fut très agréable, et l'on nous fit promettre de revenir à la rancheria lorsque nous remontâmes en selle.

« A une demi-lieue de ce campement indien, nous entendîmes le hennissement d'un animal, et quelle ne fut pas notre stupéfaction lorsque nous aperçûmes un mulet poursuivi par un énorme ours gris! La proie et la bête qui voulait s'en emparer descendaient au galop le penchant d'une colline. Nous nous arrêtâmes, le doigt sur la détente de nos carabines.

« Au moment où l'ours traversa le chemin, Higgias, dont l'intrépidité dépassait tout ce que l'on peut imaginer, fit feu, et, au cri poussé par l'animal fauve, je compris qu'il était atteint.

« Le mulet poursuivi avait pris de l'avance et courait à travers la plaine, si bien que l'ours, voyant sa victime lui échapper, tourna sa rage contre nous.

« A cet instant, je fis feu à mon tour; mais la blessure qu'il reçut, comme celle causée par la carabine d'Higgias, exaspérèrent l'animal, qui bondit pour nous attaquer.

« La prudence était indispensable pour aider notre courage. Nous fîmes volte-face dans la direction de notre camp.

« Tout à coup mon pied se trouva pris dans une racine d'arbre, et je tombai par terre.

« J'allais être mis en pièces par l'ours féroce et exaspéré, lorsqu'une balle bien dirigée par mon camarade Higgias m'arracha à une mort certaine.

« Le « grissly » avait été atteint à la tête, et tous nos amis se hâtèrent d'accourir à notre secours pour achever ce monstre géant de la race ursine.

« On traîna ce « gibier » jusqu'au campement, et quand il eut été dépouillé nous nous régalâmes de filets gras qui nous parurent exquis.

« En ma qualité du « plus effrayé des deux », je réclamai la propriété de la peau, dont l'épaisse fourrure m'a bien souvent garanti depuis des intempéries de l'air et de l'humidité du sol.

« L'ours gris en question était réellement un géant de son espèce : il mesurait un mètre vingt de hauteur et deux mètres cinq de longueur du museau à la naissance de la queue.

« Un seul coup de patte bien appliqué nous eût guéris à jamais, mon ami Higgias et moi, des velléités d'aller à la recherche des mines d'or. »

HISTOIRE

DE

NAUFRAGES

C'est particulièrement au milieu des sinistres de mer que l'on est à même de reconnaître la force de caractère de l'Anglais qui assiste à la destruction de sa maison flottante, et se trouve abandonné, comme une épave, à tous les dangers des vagues en courroux. La présence d'esprit, le sang-froid, la discipline, l'abnégation et la patience ont sauvé dans un naufrage plus d'un marin du danger de mort qui le menaçait, et auquel il eût succombé s'il n'eût été doué de ces qualités indispensables. Grâce à elles, il a pu revoir son foyer et y raconter les aventures et les périls qu'il avait courus, périls tels, que si l'expérience n'était pas là pour prouver le contraire, il semblerait impossible qu'un homme ait pu y échapper et y survivre.

Est-il possible de se figurer une position plus critique, plus désespérée, que celle du naufragé, se cramponnant avec l'énergie du désespoir à un mât fragile qu'il a pu saisir au milieu des ténèbres et de la tempête ? Peut-on s'imaginer rien de plus terrible que la situation d'un malheureux abandonné, seul, presque sans provisions, sans moyens de direction, sur un frêle esquif battu par les flots déchaînés ? Il faut que l'amour de la vie, le souvenir de la famille, soient bien profondément enracinés chez l'homme, pour que, dans un moment aussi critique, il puisse conserver son énergie, et que son cerveau ne soit pas paralysé, ses mains rendues inertes par le désespoir ! Ces sentiments sont donc bien enracinés dans son cœur, pour qu'il lui soit possible de supporter ainsi la faim, la fatigue et le froid, pour qu'il ait le courage de ne pas dévorer en une seule fois, au lieu de les réserver pour la nourriture de chaque jour, ces aliments qui lui suffisent à peine pour calmer son appétit et pour conserver une étincelle de vie. Pour accomplir de pareils miracles pendant une longue succession de jours sans autre espoir de salut que la bonté de la Providence, il lui faut déployer une énergie et un courage dignes d'exciter les transports de l'admiration la plus profonde.

Le recueil des récits maritimes est là pour montrer jusqu'à quel point ces diverses qualités se développent dans les circonstances exceptionnelles où elles sont indispensables.

Voici quelques anecdotes tirées de l'histoire de la marine anglaise qui prouveront mieux que toutes les réflexions philosophiques combien ces belles qualités, dont nous parlons, sont fréquentes chez ces hommes passant sur l'Océan leur existence tout entière ; elles démontreront aussi tout ce que le courage du marin doit nous inspirer d'estime et de respect.

La corvette *Nautilus*, commandée par le capitaine Palmer, portant des dépêches importantes à destination de l'Angleterre, naviguait, sous une fraîche brise du nord, dans les parages de l'archipel grec, le 4 janvier 1807. Le pilote qui la dirigeait déclara ne pas connaître la côte où l'on s'approchait, et se démit du commandement du navire. Le capitaine, sachant qu'un retard éprouvé par les dépêches qu'il avait à bord aurait les plus sérieuses conséquences, résolut de continuer sa route quand même, et mit le cap sur Cerigotto.

Le vent fraîchit rapidement dans la soirée, et à minuit il souffla en foudre, avec accompagnement d'éclairs, de tonnerre, de nuées de grêle ; en un mot, il y eut un déchaînement de tous les accessoires d'une violente tempête.

La corvette se comportait cependant bravement au milieu de la tourmente, et à trois heures du matin, grâce à une éclaircie produite par la lueur éblouissante d'un éclair, on signala droit en face du navire l'île de Cerigotto.

Les officiers se félicitaient d'avoir heureusement échappé aux périls de la nuit, et le capitaine était occupé à consulter une carte dans sa cabine, lorsque les hommes furent précipités tout à coup hors de leurs hamacs, ce qui occasionna une alarme et une confusion générales.

La corvette ayant touché, les vagues furieuses commencèrent à la soulever et à la drosser avec une violence inouïe contre les récifs. Quand la première émotion se fut calmée, on prit toutes les mesures exigées en pareille circonstance, et l'équipage exécuta les ordres des officiers avec le sang-froid et l'activité les plus admirables.

Mais il était trop tard pour que l'on songeât à sauver le navire, et à le préserver même pour un certain laps de temps. En un instant le grand mât s'abattit, le bordage sous le vent fut emporté, et une mer furieuse s'engouffra sur le pont, balayant les hommes de l'équipage voués ainsi à une mort certaine. La seule chance de salut était celle d'abandonner le navire et d'opérer le sauvetage au moyen des chaloupes.

Malheureusement une seule, une petite baleinière, était en état d'être mise à la mer; des deux autres, l'une était défoncée et remplie d'eau, et la seconde s'était brisée en mille pièces sur les rochers. On embarqua donc, dans la seule chaloupe qui restât, autant d'hommes qu'elle en pouvait contenir, et on se dirigea sur l'île de Pauri sans qu'il fût possible de porter aucun secours aux malheureux qu'on était obligé d'abandonner. Le navire désemparé continuait à talonner avec une extrême violence, et était menacé d'être mis en pièces dans l'espace de quelques minutes.

A la fin, les pauvres naufragés découvrirent un rocher émergeant de l'eau, et, jugeant qu'ils seraient, dans tous les cas, plus en sûreté sur cet espace, quelque petit qu'il fût, que sur les débris auxquels ils se cramponnaient, ils résolurent d'y aborder. Il leur était heureusement possible d'établir une sorte de pont entre le rocher et le navire au moyen du grand mât, que l'on abattrait et sur lequel ils s'efforceraient de gagner en rampant la surface du rocher que la mer ne recouvrait pas encore.

Ils réussirent à effectuer ce trajet après de grandes difficultés, et se trouvèrent réunis au nombre de plus de cent au milieu d'une mer en fureur, sans nourriture d'aucune sorte, presque sans vêtements, sur une roche de trois à quatre cents mètres de long et d'environ deux cents de large.

Si les naufragés eussent différé leur départ de quelques minutes seulement, ils eussent tous péri; car à peine s'étaient-ils éloignés de la corvette, que la coque du navire fut brisée en mille pièces, et ses débris disparurent dans les flots.

Les malheureux se trouvaient à une distance de douze milles au moins de l'île la plus rapprochée, et la seule chance qui leur restât de se sauver était dans le passage d'un navire qui viendrait à leur secours. Le jour apparut enfin. Il faisait un froid très piquant. Les matelots s'empressèrent d'allumer du feu au moyen d'un couteau et d'une pierre que l'un d'eux portait dans sa poche, et d'un petit baril de poudre mouillée apporté du navire par le courant. Ils passèrent le reste de leur journée à épier le passage d'un navire, et à construire avec les épaves dont ils purent s'emparer une espèce de tente pour leur servir d'abri, tandis qu'ils essayeraient de faire sécher leurs vêtements humides et de les garantir du froid de la nuit.

Pendant ce temps, la chaloupe et les hommes qui la montaient avaient abordé à l'île de Pauri. Ceux-ci, apercevant un feu de bivouac briller au milieu de la nuit, détachèrent cinq ou six des leurs au rocher pour s'assurer du nombre de leurs camarades qui avaient pu échapper à la mort; car jusque-là ils avaient craint qu'ils n'eussent tous succombé.

Grande fut leur surprise de retrouver une telle quantité de survivants. Ils décrivirent à leur tour à leurs compagnons l'endroit où ils avaient pu trouver un refuge. L'île de Pauri avait seulement un mille de tour; elle était complètement inhabitée et dépourvue de toute espèce de provisions, à l'exception de quelques moutons et de chèvres appartenant aux habitants de Cerigotto. Ils avaient en outre, par bonheur, trouvé un peu d'eau de pluie qui séjournait dans le creux d'un rocher. L'arrivée de l'embarcation fut pour les malheureux abandonnés un événement d'une grande importance. Mais, hélas! il ne leur était d'aucun secours au point de vue de la subsistance!

Le patron du canot supplia le capitaine Palmer de s'embarquer avec eux; mais celui-ci résista à toutes ses sollicitations. « Ne vous occupez pas de « moi, répondit-il, sauvez plutôt vos mal« heureux camarades. » Après quelques pourparlers, ils résolurent de prendre avec eux dix des hommes qui étaient sur le rocher et de se rendre, comme ils le pourraient, à Cerigotto, d'où ils se proposaient de revenir avec du secours pour emmener les autres. Le canot se mit en route pour remplir cette mission; mais à peine avait-il quitté le rocher, que le vent commença à souffler en tempête. Les infortunés qu'on avait été obligé de laisser sur le rocher restèrent exposés aux coups de mer qui le balayaient, et qui éteignirent le feu allumé par eux au prix de mille efforts. C'était à grand'peine qu'ils pouvaient se maintenir en équilibre pour ne pas être précipités dans l'abîme. Leurs souffrances devinrent tellement cruelles pendant cette seconde nuit, que beaucoup d'entre eux périrent avant le jour, et qu'un grand nombre fut atteint par un affreux délire.

Le lendemain, les naufragés furent victimes de la plus cruelle déception. Au moment où ils étaient étendus pêle-mêle, morts ou mourants, sur les bords du rocher battu par la tempête, ils aperçurent à l'horizon un navire filant toutes voiles dehors. Le cœur plein d'espoir, ils s'empressèrent de faire des signaux de détresse ; le navire, les apercevant, se dirigea vers eux, mit en panne et détacha une embarcation.

La délivrance paraissait certaine. Aussi ceux qui avaient survécu à cette catastrophe étaient-ils pleins d'une joyeuse animation, et échangeaient-ils les félicitations les plus chaleureuses. Mais, au moment où quelques-uns commençaient à faire leurs préparatifs pour s'embarquer, la chaloupe s'arrêta tout à coup. Les hommes de l'équipage restèrent quelques instants appuyés sur leurs avirons en contemplant les malheureux naufragés ; puis, obéissant à je ne sais quel mobile inexplicable et mystérieux, ils virèrent de bord et regagnèrent leur navire, abandonnant à leur malheureux sort les pauvres matelots du *Nautilus*.

Une pareille inhumanité envers des camarades est chose si rare parmi les marins, et l'on rencontre si peu d'exemples d'une conduite semblable, surtout chez ceux qui, par leur état, sont exposés chaque jour à une pareille catastrophe, que nous voulons croire qu'un abandon si lâche en apparence eut pour cause un obstacle d'une nature grave, une avarie ou un accident imprévu. Quoi qu'il en soit, on comprendra facilement quelle fut l'angoisse terrible, la cruelle déception de ces malheureux passant de l'espérance au désespoir le plus profond, quand ils reconnurent qu'ils devaient renoncer au salut sur lequel ils avaient cru devoir compter.

Désormais ils n'avaient plus à espérer que le retour de la baleinière; mais, comme les heures s'écoulaient l'une après l'autre sans amener de résultat, leur espoir, brisé par l'attente, s'affaiblit de plus en plus. Pendant cette expectative, les naufragés souffrirent cruellement des tortures de la faim et de la soif. Quelques-uns d'entre eux, incapables de supporter la privation de boire, ne purent résister plus longtemps à la tentation de se désaltérer avec de l'eau de mer. Ils ne tardèrent pas à subir la peine de leur imprudence; car la plupart furent atteints d'aliénation mentale et succombèrent dans d'épouvantables souffrances.

Les infortunés se préparèrent pour la seconde nuit qui allait les couvrir de son ombre, en se serrant le plus étroitement possible les uns contre les autres, et en amoncelant sur eux leurs maigres vêtements pour réchauffer, si faire se pouvait, leurs membres engourdis. Mais, dans l'état de nudité presque complète où ils se trouvaient, il leur fut impossible d'obtenir un soulagement passager à leurs maux au moyen d'un sommeil réparateur. Il y avait à redouter, en outre, ceux d'entre eux qui étaient atteints de folie furieuse; enfin, bien que le temps se fût amélioré, il semblait impossible que ces malheureux pussent passer la nuit entière dans les conditions déplorables où ils se trouvaient.

Tout à coup ils s'entendirent héler au milieu de l'obscurité par l'équipage de la baleinière, qui venait leur annoncer pour le lendemain matin l'arrivée d'un navire leur apportant du secours.

Encouragés par cette espérance, les naufragés s'efforcèrent de supporter leurs souffrances en redoublant d'énergie. Malheureusement leurs camarades n'avaient pu se procurer que quelques vases de terre contenant une provision d'eau, et, par une fatalité inouïe, ces vases s'étaient brisés par suite du roulis pendant la traversée.

Enfin ce jour tant désiré, ce jour qu'ils attendaient avec une si vive impatience, ce jour qui devait mettre un terme à leur long martyre, arriva! Mais nulle chaloupe n'était en vue, aucun navire n'apparaissait pour les délivrer! C'était la quatrième journée que, privés absolument de nourriture, ils se voyaient obligés, pour tromper leur faim atroce, de recourir à des moyens tellement horribles, que la plume se refuse à les décrire! Aussi un grand nombre périt-il avant le soir, et parmi eux le capitaine Palmer et son premier lieutenant.

Le lendemain, les rares survivants de ce désastre inouï résolurent de construire un radeau avec les débris qu'ils avaient pu se procurer, afin de se livrer à la merci des flots furieux dans cette fragile embarcation, plutôt que de mourir de faim sur le rocher où ils se trouvaient. Hélas! une étrange fatalité semblait s'acharner à paralyser les efforts de ces hommes courageux! En effet, ils venaient à peine d'achever leur œuvre et se disposaient à lancer le radeau à la mer lorsqu'ils eurent la douleur de voir, dans l'espace de quelques secondes, leur frêle esquif se briser en mille pièces et ses tristes épaves se disperser sur les flots en courroux.

Découragés en voyant cette chance de salut leur échapper encore, quelques-uns de ces infortunés, fous de désespoir, n'eurent pas la force de supporter cette suprême déception et se précipitèrent à la mer pour essayer de ressaisir les débris flottants du radeau; mais ils disparurent aussitôt, emportés par les vagues.

Le cinquième jour s'écoula, et pendant la nuit la mort diminua encore le nombre de ces malheureux...; ceux qui restaient étaient plongés dans une complète insensibilité... Mais la délivrance arriva enfin pour les tristes débris du nombreux équipage du *Nautilus*. Le matin du sixième jour éclaira l'arrivée de quatre barques de pêcheurs et de la baleinière.

Les marins, à demi morts de froid et de faim, furent réconfortés par une copieuse nourriture, puis on les ramena à Cerigotto, où les habitants les traitèrent avec la plus grande humanité. Cinquante-six hommes parmi ceux qui avaient quitté la flotte anglaise croisant dans l'Hellespont, et qui étaient partis pleins de jeunesse et de force, avaient péri misérablement!

Il n'est pas douteux cependant qu'un grand nombre d'entre eux eussent pu être sauvés, si les pêcheurs grecs et les marins de l'Archipel avaient été aussi habiles matelots que ceux de la marine anglaise. Si l'on avait eu à prévenir les bateliers de Deal ou de tout autre port anglais qu'à quelques milles de la côte, sur un fragment de rocher battu par les vagues furieuses, agonisaient cent malheureux naufragés en proie aux tortures de la faim et de la soif, au bout de quelques heures un équipage de gens courageux se seraient à coup sûr précipités sans hésitation à la mer pour sauver des compatriotes, et ils auraient accompli courageusement l'œuvre de salut.

Le 26 octobre 1859, Warthing fut le théâtre d'un événement aussi profondément émouvant qu'honorable pour les populations de pêcheurs du littoral anglais. On peut citer ce fait comme un exemple de l'empressement des marins anglais à braver le péril, quand il s'agit de tenter le sauvetage d'un équipage naufragé.

Un vent terrible venant de la région sud-sud-est, et qui s'était converti en un formidable ouragan, avait soufflé pendant toute la nuit. Quand le jour parut, on aperçut une grande barque anglo-indienne qui retournait à son port d'attache avec une riche cargaison. Elle était mouillée à deux milles de la côte, toute désemparée; fortement appuyée sur deux ancres à l'avant, elle faisait des signaux de détresse.

Une équipe de onze hommes, composée des pêcheurs les plus expérimentes de la côte, se dévoua volontairement pour porter secours au navire en danger, et, bien qu'à ce moment (il était huit heures du matin) la mer se soulevât en vagues monstrueuses semblables à des montagnes, les intrépides marins se mirent en route et s'élancèrent au milieu des récifs qui bordent cette côte, une des plus dangereuses qui existent.

Sur le rivage, on suivait avec l'anxiété la plus vive leur course hardie dans la direction de la barque, et déjà les marins semblaient sur le point d'atteindre leur noble but, lorsque tout à coup une vague énorme fit chavirer leur embarcation et engloutit l'équipage tout entier.

Vers midi, une seconde tentative fut renouvelée, cette fois avec l'aide d'une embarcation plus large et pontée, montée par plus de vingt hommes décidés à aborder le navire en détresse et à s'assurer d'une façon certaine du sort de l'équipage du premier canot.

Ils accostèrent la barque avec la plus grande difficulté, et quinze hommes de l'équipe montèrent à bord, pendant que les cinq autres retournaient à terre avec la désolante certitude que tous les hommes de la première expédition avaient péri jusqu'au dernier.

Ils étaient à peine parvenus à une légère distance de la barque, qu'on vit distinctement leur canot chavirer; les malheureux marins luttaient contre les vagues et s'accrochaient à leur embarcation à moitié submergée. Ils nagèrent encore quelque temps, puis ils disparurent dans le gouffre sans qu'il eût été possible de rien tenter pour venir à leur secours.

Quant à la barque, elle échappa à la destruction et put être ramenée dans la rivière. La bravoure et la fin déplorable des infortunés marins excitèrent à un si haut point l'admiration générale, qu'on ouvrit immédiatement une souscription destinée à venir en aide aux veuves et aux orphelins de ces pauvres morts, au nombre de près de soixante.

Les pêcheurs grecs de l'Archipel avaient agi bien différemment, lors de la catastrophe du *Nautilus*, et s'étaient montrés d'une autre trempe que les marins anglais. Les abjurations du patron de la baleinière, ses pressantes instances, en face de la situation terrible dans laquelle se trouvait l'équipage du *Nautilus*, n'avaient pu les décider à se mettre à la mer pendant toute la durée de la tourmente. S'ils avaient agi ainsi, ce n'était pas par inhumanité, mais parce qu'ils n'osaient affronter la tempête au moment où elle sévissait avec le plus de violence; la frayeur avait été chez eux plus forte que la pitié.

Le 27 août 1826, le petit schooner *la Pie*, commandé par le lieutenant Smith, croisait dans les parages de la route de Colorado, vers l'extrémité ouest de l'île de Cuba, à la recherche d'un pirate qui y commettait de très nombreuses déprédations.

La chaleur avait été suffocante, et le navire était resté en panne toute la nuit, attendant, pour reprendre sa course, le lever de la brise de terre. Le vent s'éleva enfin de l'ouest vers huit heures, et sauta brusquement au sud, quelques instants après. Au même moment, un petit nuage noir apparut à l'horizon, s'étendant graduellement dans l'immensité du ciel d'azur. C'était pour l'œil exercé d'un marin l'indice assuré de l'approche imminente d'une bourrasque. En effet, au moment où l'équipage était occupé aux manœuvres nécessitées par la menace du danger, le nuage se développa avec rapidité, prenant une teinte de plus en plus sombre. La brise s'apaisa subitement, et un calme sinistre régna sur toute l'étendue de l'Océan. Toutefois cette accalmie dura peu. La mer, dont la surface n'avait été troublée jusque-là par aucune ride, se couvrit bientôt d'une large nappe d'écume. Un grondement sourd se fit entendre, et, bien que l'ordre eût été donné de sacrifier la mâture, il n'était déjà plus temps de prendre ses dispositions. L'ouragan s'abattit avec furie sur l'infortuné navire, et trois minutes s'étaient à peine écoulées depuis les premiers fracas de la tempête, que le schooner coula bas sans coup férir. Un éblouissant jet de lumière illumina le théâtre de la catastrophe; puis la nuit se répandit de nouveau sur les flots, et les hurlements de l'ouragan furent remplacés par un silence de mort.

L'obscurité était profonde. Un des hommes de l'équipage, nommé Meldrun, au moment où le navire s'enfonçait dans l'abîme, avait saisi une paire d'avirons qui flottaient près de lui ; il put ainsi se maintenir sur l'eau et examiner le lieu du sinistre, afin de découvrir si quelques-uns de ses camarades avaient pu, comme lui, échapper au désastre.

Mais il ne vit rien...; ses yeux ne purent percer les ténèbres épaisses qui l'enveloppaient, et ses oreilles ne perçurent aucun bruit de nature à le délivrer de l'angoisse qui l'étreignait.

Qu'étaient devenus ces vingt-quatre braves gens qui, quelques minutes avant, foulaient gaiement le pont de la *Pie*, sans souci de la mort prochaine dont ils étaient menacés? Tout était bien fini! Meldrun était le dernier survivant d'un équipage naguère si plein de vie et de bonne humeur! L'anxiété épouvantable qu'il éprouvait durait depuis plusieurs heures, lorsqu'il entendit retentir près de lui une voix qui murmurait :

« Y a-t-il quelqu'un de vivant par ici? »

Nul ne saurait dépeindre la joie subite avec laquelle le malheureux naufragé accueillit le son de cette voix, dans la direction de laquelle il s'empressa de nager. Il ne tarda pas à rencontrer une chaloupe, où M. Smith et six de ses hommes avaient pu trouver un refuge. L'embarcation dans laquelle ils se trouvaient était de dimension suffisante pour recevoir tous les matelots de l'équipage, et le sauvetage eût été complet si la rapidité de la catastrophe ne les avait pas privés de leur sang-froid. En effet, leur précipitation à vouloir tous s'embarquer dans le canot avait été telle, qu'il s'était à moitié rempli d'eau et qu'il avait chaviré. Le commandant ordonna alors qu'on le redressât. Ses hommes lui obéirent avec la même discipline que s'ils eussent été encore à bord du schooner. On parvint enfin à relever la chaloupe, et deux hommes s'occupèrent, au moyen de leurs écopes, à étancher l'eau dont elle était remplie, pendant que les autres marins de l'équipage, qui avaient été précipités dans les flots, s'accrochaient aux plats-bords.

L'espoir du salut alternait chez eux avec la crainte d'une mort effroyable. Tout à coup une voix signala l'approche d'un requin. Telle fut l'impression de terreur qui résulta de cette nouvelle, que les hommes se précipitèrent à la fois pour s'embarquer dans la chaloupe et la firent chavirer de nouveau. Encore une fois cependant l'autorité du capitaine suffit pour rétablir la paix et la discipline, et la nuit se passa à vider l'embarcation.

On était presque venu à bout de terminer cette opération difficile, et l'équipage allait pouvoir s'embarquer, lorsqu'un cri d'alarme retentit de nouveau et signala l'approche d'une troupe de requins. Un tumulte effroyable s'ensuivit, et la chaloupe chavira pour la troisième fois, laissant les pauvres marins à la merci de ces monstres dévorants.

Pendant quelques minutes pourtant les naufragés demeurèrent sains et saufs, frôlés par le hideux contact des requins, qui plongeaient de temps en temps sous le bateau et nageaient au milieu des hommes cramponnés aux plats-bords. Ce répit fut, hélas! de courte durée.

Une horrible exclamation de douleur annonça qu'une première victime venait d'être atteinte, puis une seconde, et bientôt la mer se couvrit de flots de sang.

M. Smith, le commandant du schooner naufragé, déploya dans ces affreuses circonstances un sang-froid et un courage dignes de la plus haute admiration. Il sut par son calme, et grâce à son visage sévère, rendre un reste d'énergie aux survivants de ce drame, réduits maintenant au nombre de six. Ils recommencèrent à étancher l'eau dans le canot.

Ce travail était à peine commencé, qu'un requin saisit une des jambes du malheureux capitaine et la coupa comme avec un rasoir. Au milieu de ses épouvantables souffrances, M. Smith comprit (tant il avait à cœur de ne pas interrompre les travailleurs par une alarme nouvelle) que son empire sur lui-même devait être tel qu'aucun des traits de son visage ne pût trahir les tortures qu'il endurait. Mais il avait encore une nouvelle agonie à souffrir. Sa seconde jambe éprouva le sort de la première et fut dévorée par les monstres. Cette fois il ne put, malgré son héroïque courage, retenir un cri de suprême douleur, et, comme il allait être renversé dans les flots, deux de ses hommes le saisirent et le portèrent à l'arrière de la chaloupe. Il reprit ses sens, et son âme conserva jusqu'au bout, en dépit de ses souffrances physiques, une indomptable vigueur.

Il adressa quelques mots à ses hommes, et chargea celui d'entre eux qui survivrait au naufrage d'informer l'amiral des circonstances dans lesquelles avait eu lieu la perte du navire, en lui disant que tout le monde avait fait noblement son devoir. Puis, après avoir serré la main à tous ses matelots et leur avoir dit adieu, il disparut au milieu des flots. Le courageux officier trouva au fond de l'Océan la fin de ses souffrances.

Nous n'entrerons pas dans tous les détails qui suivirent la mort glorieuse de ce héros. Le nombre des hommes diminuait de plus en plus; tous devenaient l'un après l'autre la proie des requins, qui continuaient à s'acharner contre eux; il ne resta bientôt plus que deux marins. Pendant ce temps la chaloupe avait été renflouée; ils s'y embarquèrent et se trouvèrent bientôt en pleine mer, sans voiles, sans rames, sans provisions d'aucune sorte, n'ayant aucune terre en vue, et n'apercevant dans l'immensité nulle apparence de navire.

L'espoir cependant n'abandonna pas ces infortunés. Ils demeurèrent plusieurs heures immobiles, cherchant en vain à découvrir une voile à l'horizon. Après une longue et pénible attente, ils distinguèrent, bien loin encore, un petit point blanc qui se dessinait confusément dans la brume. Ce point grossit, et ils aperçurent un navire. Graduellement, la distance diminuait entre eux et le vaisseau libérateur; mais, hélas! les pauvres abandonnés n'avaient aucun moyen d'attirer son attention. Il arriva pourtant jusqu'à un demi-mille de la chaloupe... Nous renonçons à dépeindre la déception de ces pauvres naufragés quand ils virent le navire virer de bord et disparaître à l'horizon!

Leur délivrance définitive eut lieu pourtant, et d'une façon assez romanesque. Beaucoup d'hommes à leur place, déçus si cruellement dans leurs espérances, se fussent abandonnés à un sombre désespoir, et eussent appelé à grands cris la mort comme une suprême délivrance. N'avaient-ils pas eu à quelques portées de fusil, quelques minutes auparavant, presque à leur portée, une maison flottante pour y poser leurs pieds, dans laquelle ils auraient trouvé des aliments et des camarades? Et maintenant ce sauvetage inespéré allait leur manquer, ils étaient abandonnés de nouveau et dévoués à la mort. Mais, par bonheur, le courage de ces matelots n'avait pas faibli au milieu de ce long martyre; l'un d'eux, le nommé Meldrun, malgré sa faiblesse, conçut le hardi projet de s'élancer à la nage sur les traces du brick, dans l'espoir insensé de le rejoindre et de sauver ainsi la vie de son compagnon et la sienne.

Après lui avoir dit un rapide et touchant adieu, il se précipita dans la mer, pendant que son ami, résistant au premier mouvement qui l'avait poussé à suivre son exemple, demeurait seul le cœur oppressé par une angoisse facile à comprendre.

Moldrun commença à nager; mais il avait trop présumé de ses forces, ou mal calculé l'espace qu'il avait à parcourir... Quoi qu'il en soit, après avoir réussi dans l'accomplissement des deux tiers de sa tâche, il sentit ses forces l'abandonner.

Ce malheureux tourna ses yeux mourants du côté du brick, et, rassemblant les forces qui lui restaient, il poussa un cri déchirant et désespéré. Ce cri le sauva; on l'avait entendu à bord du brick, et l'on mit à la mer un canot qui arriva assez à temps pour le recueillir.

On sauva ensuite son compagnon. C'est ainsi que ces deux hommes, demeurés seuls de tout l'équipage de la *Pie*, purent enfin être arrachés à la mort, après avoir enduré des tortures inouïes.

FIN

TABLE

17105. — Tours, impr. Mame.

www.ingramcontent.com/pod-product-compliance
Ingram Content Group UK Ltd.
Pitfield, Milton Keynes, MK11 3LW, UK
UKHW021233230726
13926UKWH00003B/1405